JÚLIO EMÍLIO BRAZ

ABDIAS
ABDIAS DO NASCIMENTO

1ª edição – Campinas, 2022

"É preciso uma ingenuidade perfeitamente obtusa ou uma má-fé cínica para se negar a existência do preconceito racial."
(Abdias do Nascimento)

M•STARDA EDITORA

Nos primeiros meses após a assinatura da Lei Áurea, em 13 de maio de 1888, pela Princesa Isabel, decretando o fim da Escravidão no Brasil, muito se falou e se propôs para que os ex-escravizados fossem aceitos como cidadãos no país.

No entanto, os projetos apresentados não durariam muito devido à polêmica provocada, sobretudo pelos fazendeiros que exigiam indenizações pelos prejuízos com a abolição da Escravidão, e, pouco depois, com os desdobramentos da Proclamação da República.

O novo governo se entregaria a um projeto de incentivo à imigração europeia para o Brasil, visando a substituir a mão de obra negra. Nenhuma iniciativa fora tomada para garantir à população negra o acesso à educação e muito menos à profissionalização.

E como preconceitos construídos ao longo de mais de 300 anos de Escravidão não são facilmente eliminados da noite para o dia, e muito menos pela assinatura de uma simples lei, as novas autoridades apressaram-se em criar novas leis para lidar com o problema representado por milhões de ex-escravizados espalhados pelo país.

A população negra continuou a ser reprimida e presa pelo mero ato de transitar livremente por estradas ou por ruas e avenidas de grandes cidades, para as quais se dirigiam em busca de trabalho. Manifestações culturais ou religiosas eram perseguidas pela polícia, e seus participantes eram espancados e presos.

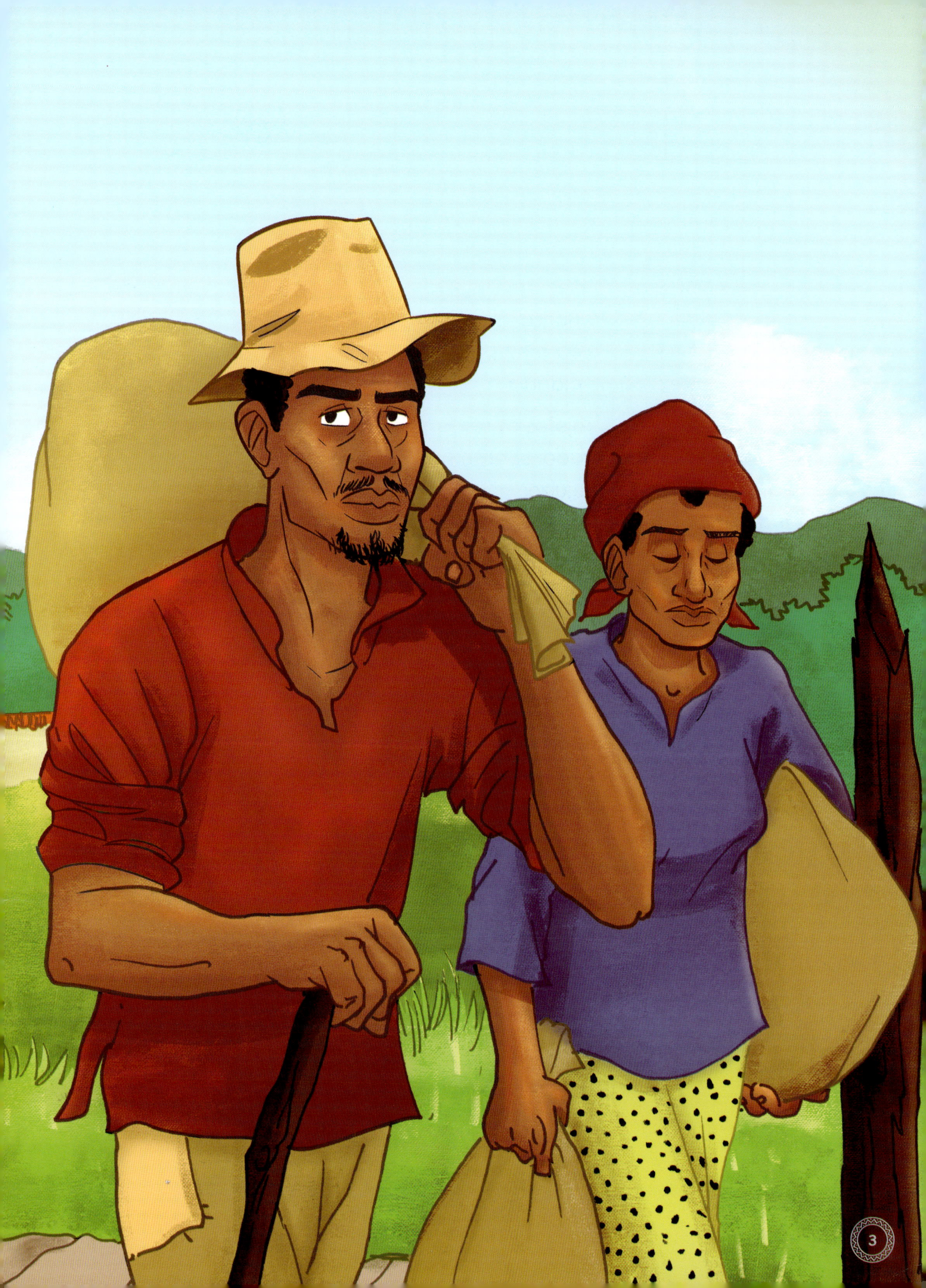

Os anos após a Lei Áurea seriam lembrados como aqueles em que homens e mulheres negros foram deixados à sua própria sorte. Seja pela vergonha do envolvimento na manutenção da Escravidão, ou pelo desinteresse no destino daquela gente, o resto do país buscaria ignorá-los, invisibilizá-los ou relegá-los a um desejado, porém impossível, desaparecimento.

Nesse período nasceria Abdias do Nascimento, em 14 de março de 1914, em Franca, interior de São Paulo. Um dos sete filhos de Georgina, ou D. Josina, e José. Teria infância pobre, cheia de dificuldades, o que era comum a muitas famílias negras daqueles tempos.

Da infância carregaria ideias e conhecimentos para toda a vida. Principalmente os saberes sobre seus antepassados africanos, trazidos para o Brasil por D. Ismênia, sua avó materna, nascida escravizada, com quem ele tinha um profundo relacionamento. Muitas vezes aconchegava-se a ela depois da dura rotina de trabalho, pois, aos 9 anos, já entregava carne e leite nas casas dos mais endinheirados da cidade.

Seus sonhos de dignidade e respeito se materializaram alguns anos mais tarde quando juntou dinheiro suficiente para comprar um par de sapatos. Andar descalço era a sina das pessoas negras escravizadas, um vergonhoso sinal de sua condição de explorado. Aos 11 anos, sentiu-se orgulhoso quando, calçado, pôs os pés pela primeira vez na Escola de Comércio do Ateneu Francano.

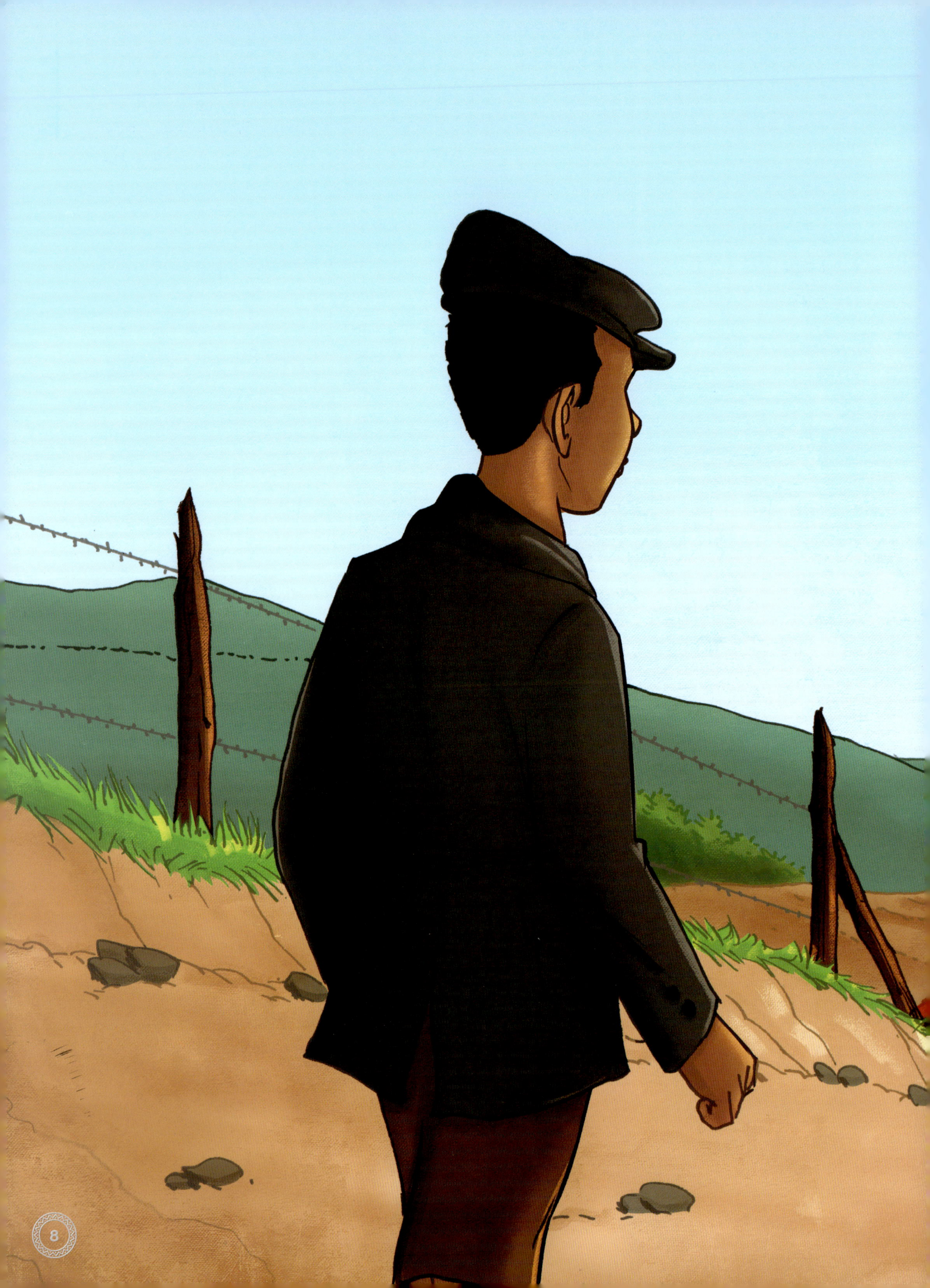

Abdias se desdobrava para ir à escola de manhã e trabalhar num consultório médico à tarde. Anos depois, acrescentou um curso de Contabilidade à noite. Rotina cansativa, mas enfrentada com coragem e determinação! Ele sabia que mudar seu destino dependia só dele. Ao cansaço respondia com firmeza e persistência. E ainda sobrava tempo para se dedicar a outros interesses, como o circo e as festividades religiosas com a família.

Por ser comunicativo e articulado, ter a cabeça erguida e se orgulhar de sua formação, Abdias era rotulado de arrogante e destratado por racistas da época. Ao não se submeter a eles, perdeu seu primeiro emprego de Técnico em Contabilidade na administração de uma fazenda. Preferia ficar desempregado a sujeitar-se a esse tratamento. Indignado, aos poucos amadureceu a ideia de sair de Franca. Havia apenas um problema: como?

A solução, a princípio inviável, pois tinha 16 anos, surgiu depois de um tempo: iria se alistar no Exército adulterando sua idade para 18 anos na certidão de nascimento.

Ingênuo, acreditou que São Paulo lhe ofereceria condição de vida melhor e mais possibilidades de trabalho. Depois de entrar para o Segundo Grupo de Artilharia Pesada, e mesmo usando o uniforme do exército, percebeu ter exagerado nas suas expectativas.

O racismo o atingiu logo nos primeiros dias. Recebia olhares desconfiados e sofria com o silêncio hostil daqueles que se sentiam superiores única e exclusivamente pela cor da pele.

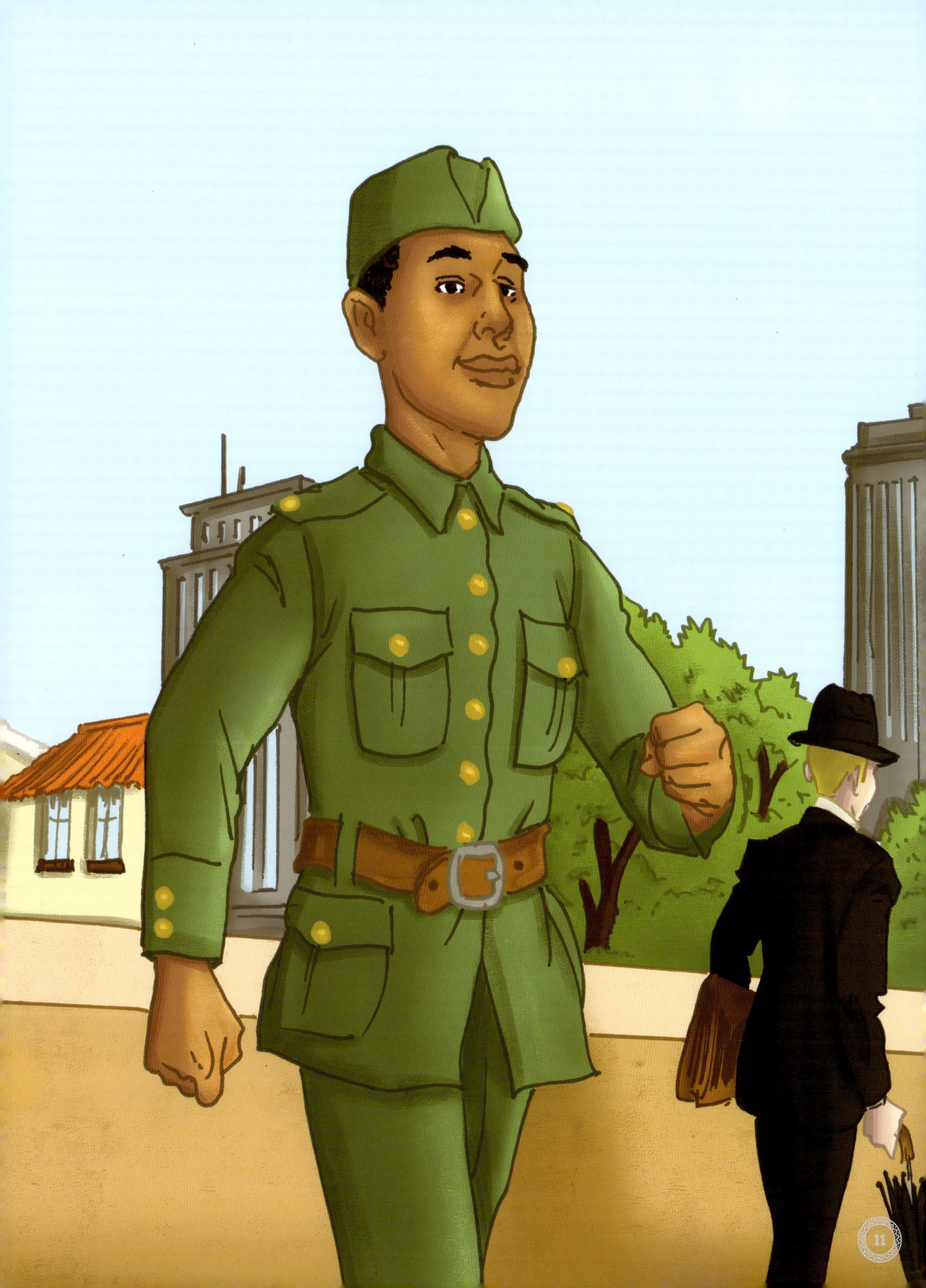

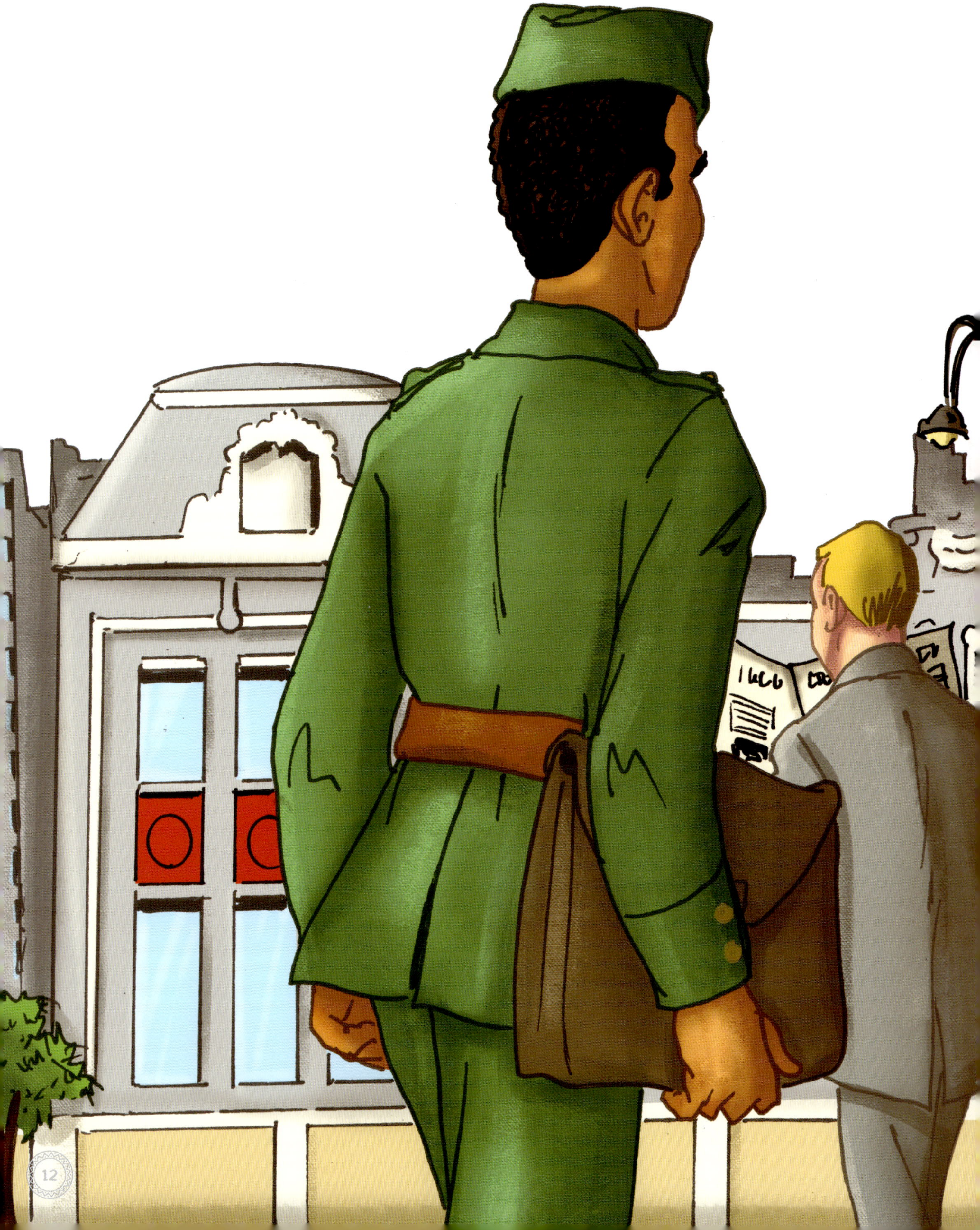

Valendo-se das recordações da avó, tinha a desagradável impressão de que ainda se encontrava nos tempos da Escravidão. Já não existia a violência física, com as correntes e o chicote, mas persistia a mais cruel, a de gestos e humilhações, que poderia alcançá-lo a qualquer momento. E o uniforme militar não impunha respeito ou evitava atitudes preconceituosas.

Foram dias difíceis. Revoltado e ciente de que sentir raiva e indignar-se era necessário, mas não o suficiente para mudar realidade tão absurda, rapidamente ele passou a partilhar a carreira militar com a Faculdade de Economia da Escola de Comércio Álvares Penteado.

Abdias sabia que toda solução violenta é passageira e absolutamente frágil, pois se torna terreno fértil para mais e mais violência. Nesse aspecto, a educação se fazia importante, crescia e se desenvolvia a partir da crença de que a união só viria com o entendimento do que era ser uma pessoa negra no Brasil.

A compreensão de que a consciência não é uma dádiva, mas uma conquista pela qual se luta dia após dia, o acompanharia para sempre e o levaria a se juntar à recém-fundada Frente Negra Brasileira nos primeiros anos da década de 1930.

Organizada por líderes negros determinados a mudar aquela realidade, a Frente Negra se tornaria conhecida por combater estabelecimentos comerciais e áreas de diversão na capital paulista que impediam a entrada de pessoas negras em suas instalações. Ampliaria suas atividades, criando escolas e instituições de apoio social e legal para a população negra, objetivando sua verdadeira integração na sociedade brasileira. Foi a primeira organização a fazer esforços concretos para unir homens e mulheres negros espalhados por todo o país na luta por seus direitos civis.

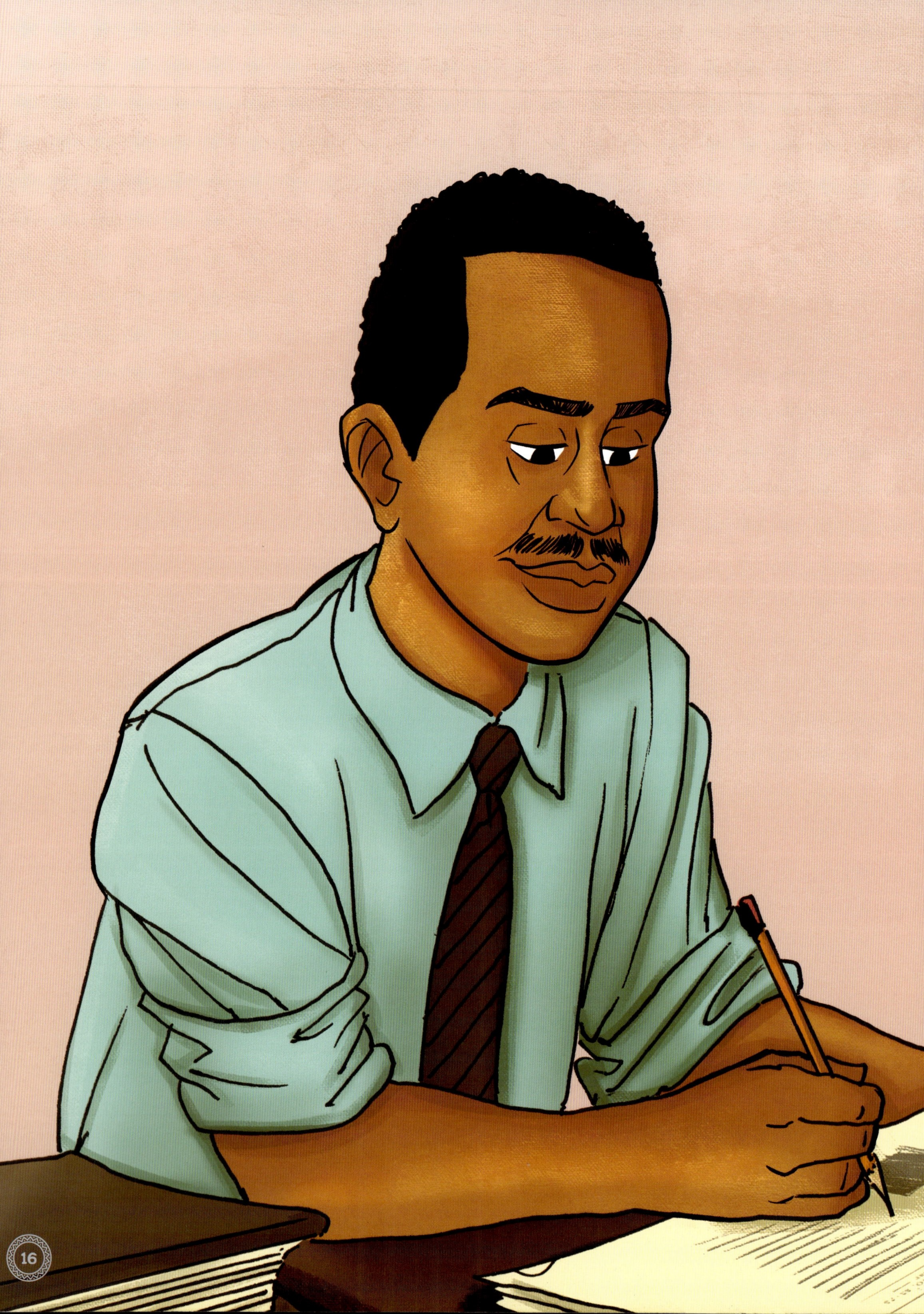

Os primeiros protestos foram crescendo e assumindo uma representatividade cada vez maior, atraindo principalmente os jovens negros. Em São Paulo, as conquistas culminariam com a aceitação de pessoas negras nos quadros profissionais da Força Pública do Estado (Polícia Militar) e a constituição de comitiva para apresentar suas reivindicações sociais a Getúlio Vargas, Presidente da República.

Abdias não se iludia. Sabia os riscos que corria como membro e ativista da Frente Negra. A situação ficou ainda pior depois que se desligou em definitivo do exército. A polícia passou a vigiá-lo e a perseguir membros da organização. Ele decidiu ir para o Rio de Janeiro e fixar-se no morro da Mangueira, nas imediações da famosa escola de samba. De um emprego a outro acabou se estabelecendo como revisor do jornal "O Radical".

Seu envolvimento com a cultura da população negra carioca tornou-se cada vez maior, o que influenciou a retomada de seus estudos na Faculdade de Economia da recém-fundada Universidade do Brasil.

Surgiram novos companheiros de luta, como o poeta pernambucano Solano Trindade, um de seus melhores amigos, e o notável maestro Abigail Moura, idealizador da Orquestra Afro-Brasileira.

Foi um período em que o ativismo político e social o tornou alvo constante da polícia. Preso após uma manifestação contra a presença de navios norte-americanos na Baía de Guanabara, voltou a morar em São Paulo.

Participou do I Congresso Afro-Campineiro, em Campinas (SP), e tentou se acomodar a uma vida mais rotineira e tranquila, trabalhando como contador no Banco Mercantil de São Paulo.

Inquieto e saudoso da luta pela melhoria da condição de vida da população negra na sociedade brasileira, amordaçada pela feroz ditadura imposta ao país por Getúlio Vargas, Abdias pediu demissão e voltou para o Rio de Janeiro.

O entusiasmo era grande, mas os riscos eram ainda maiores. Ele se juntou a um grupo de poetas brasileiros e argentinos e viajou pelo Brasil e por alguns países, como Argentina, Bolívia e Colômbia. No entanto, foi no Peru que sua vida encontrou um rumo que o tornou conhecido dentro e fora do Brasil.

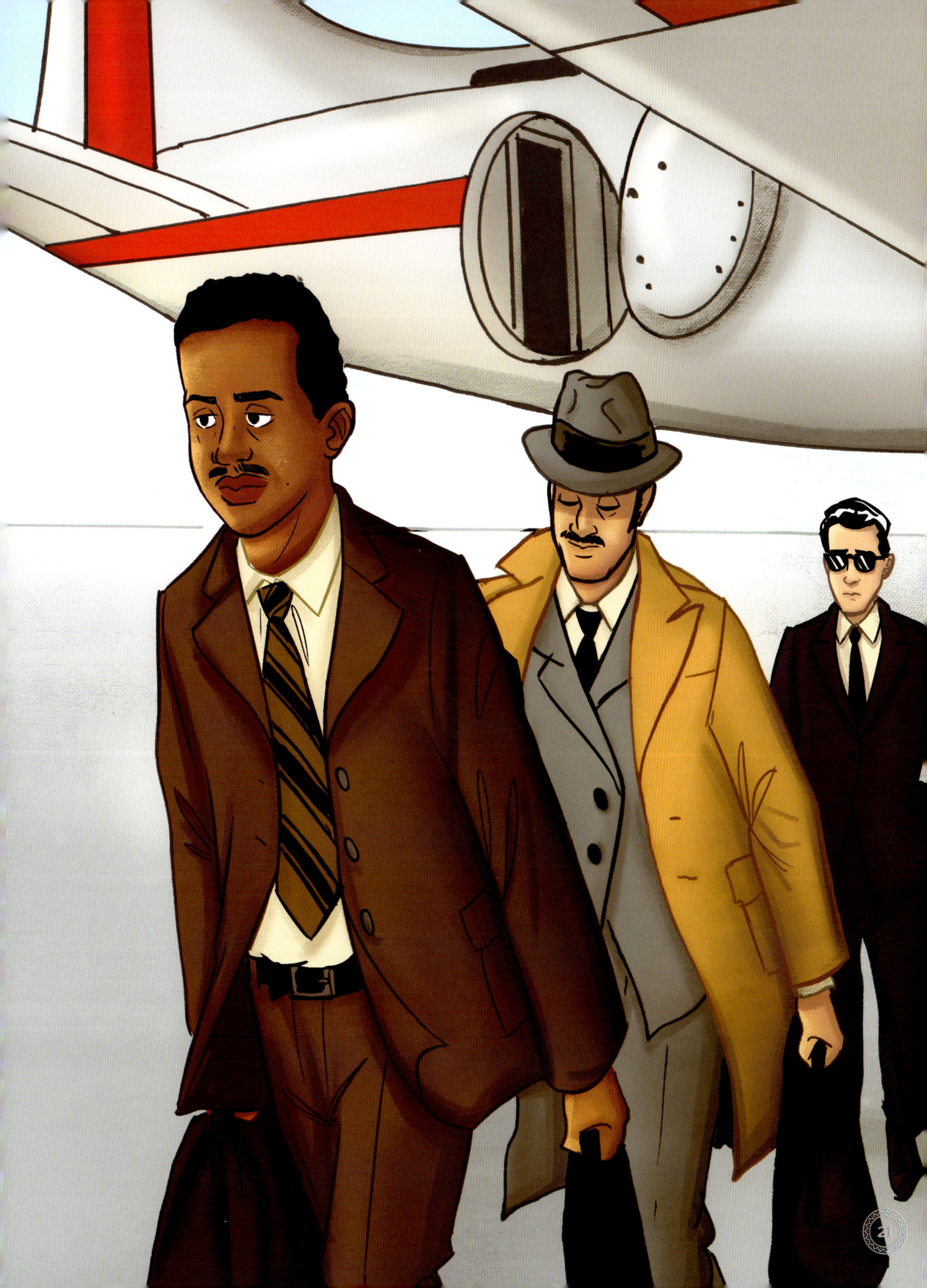

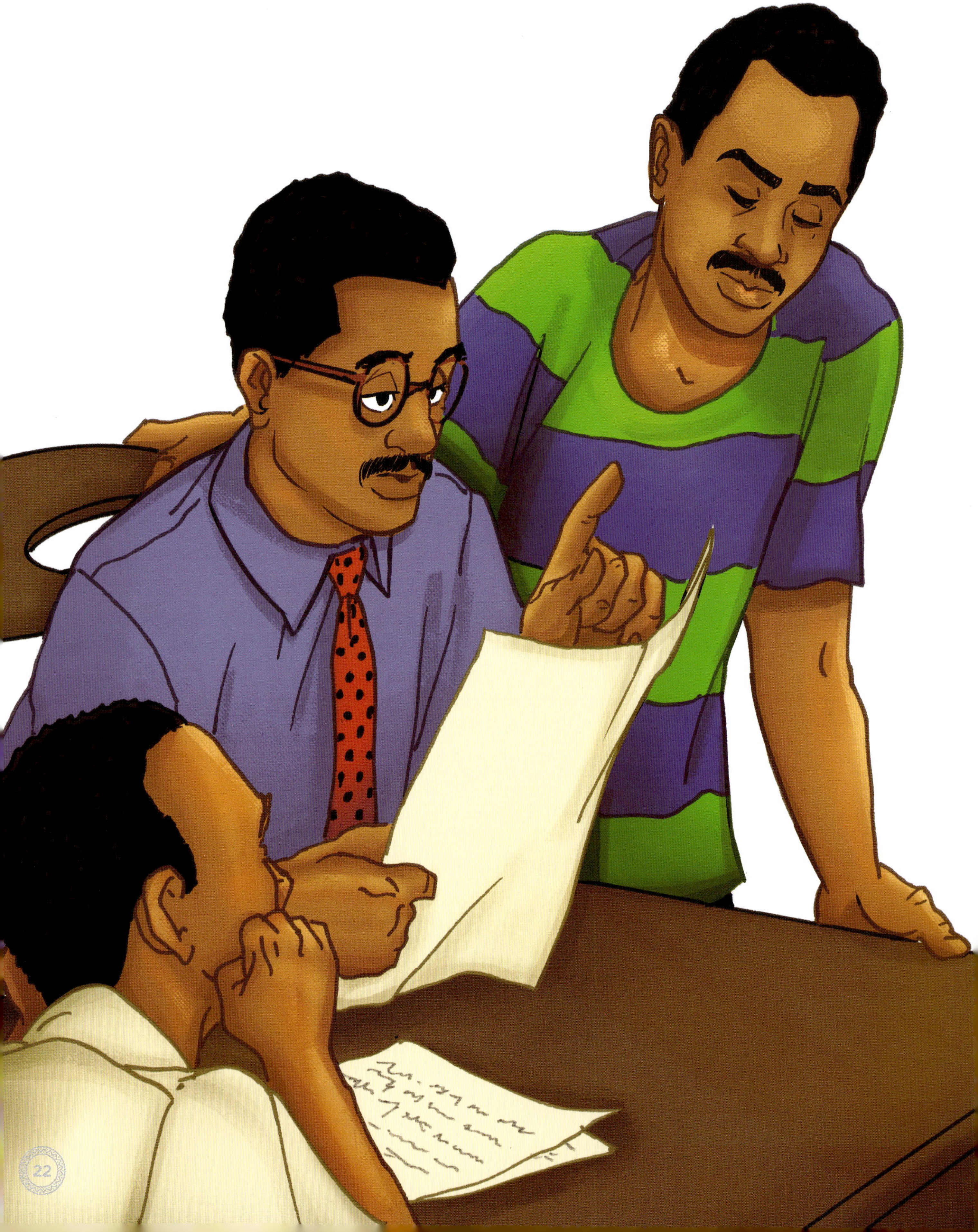

Abdias assistiu à peça teatral "Imperador Jones", do autor norte-americano Eugene O'Neill, realmente notável em termos teatrais. Entretanto, o que o impressionou desfavoravelmente foi perceber, durante a apresentação da peça no Teatro Municipal de Lima, que todos os atores eram brancos, mesmo quando se tratava de personagens negros — no caso representados por atores brancos com o rosto pintado de preto.

O espetáculo se desenrolava e ele se questionava sobre a ausência de atores negros nos palcos dos teatros brasileiros. O que o inquietou por toda a viagem.

Em 13 de outubro de 1944, fundou o Teatro Experimental do Negro (TEN) no Rio de Janeiro. A reação não poderia ser mais favorável. Entusiasmados, muitos atores e atrizes, alguns nascidos nas próprias oficinas de representação do grupo, rapidamente se juntaram a ele no projeto pioneiro. Entre eles, Ruth de Souza.

A primeira peça encenada foi justamente "O Imperador Jones". Aconteceu no Teatro Municipal do Rio de Janeiro em maio de 1945 e o sucesso foi imediato. O autor Eugene O'Neill ficou tão admirado com o grupo que estendeu a autorização para que encenassem outras peças de sua autoria.

O grupo recebeu com pouca importância as duras críticas, invariavelmente de cunho racista, por parte de uma imprensa que insistia que a iniciativa do TEN era desnecessária, pois não havia racismo no Brasil.

O projeto não apenas se consolidou como atraiu dramaturgos interessados em escrever para o grupo, como Nelson Rodrigues, que escreveria para eles "Anjo Negro".

A atividade incansável de Abdias o levou também ao cinema. Em 1959, fez parte do elenco de "O Homem do Sputnik", de Carlos Manga, um dos mais aclamados e populares filmes da época.

Três anos depois, participou de "Cinco Vezes Favela", expoente do movimento cinematográfico brasileiro conhecido como Cinema Novo. Abdias já era respeitado até internacionalmente!

A partir de 1945, com o sucesso do Teatro Experimental do Negro e acreditando que não haveria cidadania de verdade para a população negra sem a sua participação política, fundou o Comitê Democrático Afro-Brasileiro. No mesmo ano, organizou no Rio de Janeiro e em São Paulo a Convenção Nacional do Negro, em que as primeiras reivindicações foram apresentadas.

Em 1948, saíram as primeiras edições do "Quilombo". O jornal circularia até meados dos anos 1950, transformando-se em sólida ponte entre as lutas da população negra brasileira, as das pessoas negras de outros países, como Europa e Estados Unidos, e as dos povos africanos, envolvidos em um dramático processo de libertação. Essas manifestações culminariam com a organização do I Congresso do Negro Brasileiro em 1950.

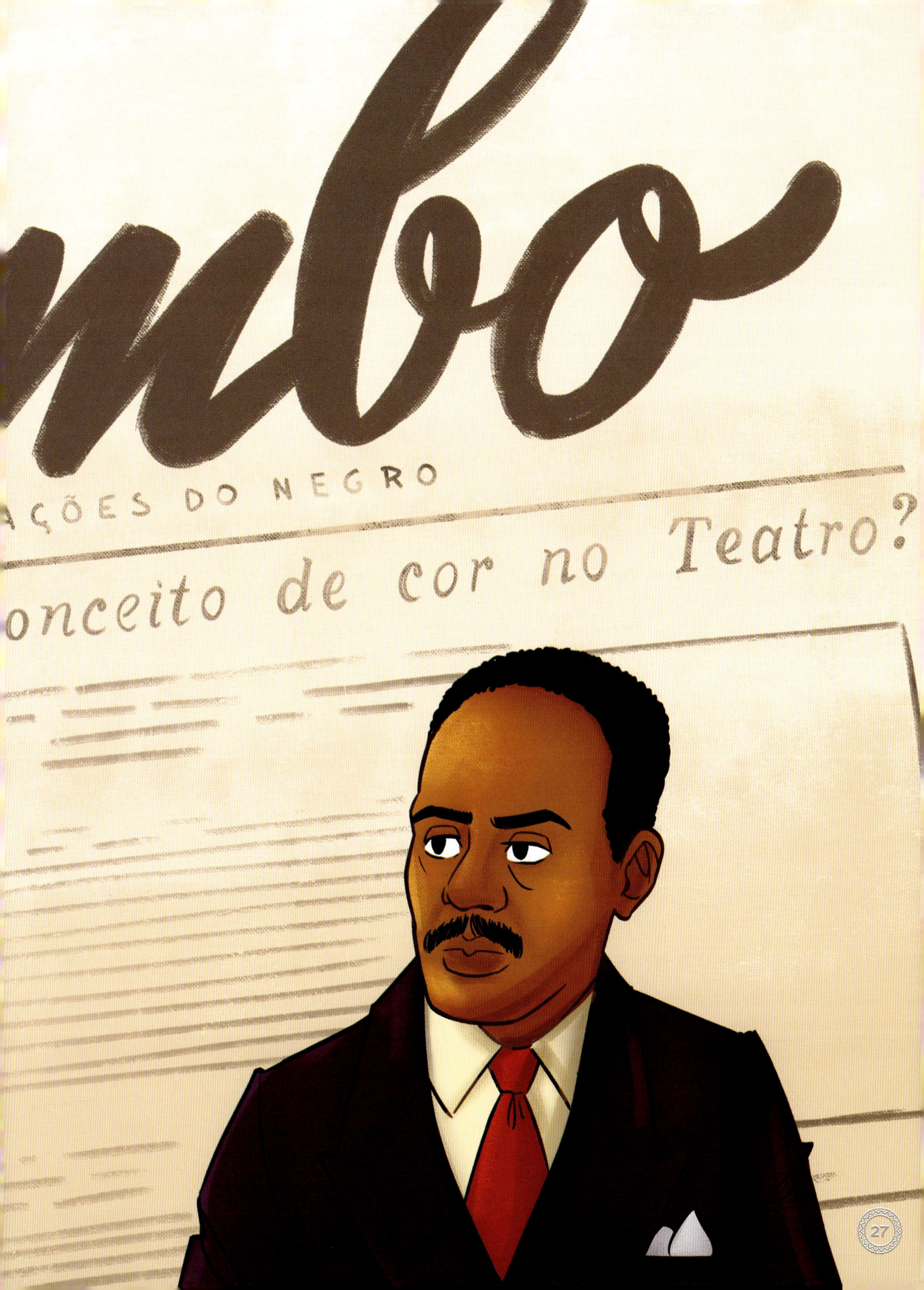
mbo
AÇÕES DO NEGRO
onceito de cor no Teatro?

Com o golpe militar de 1964, Abdias passou a ser perseguido pela ditadura. Temendo pela vida de sua família, saiu do Brasil e viveu por treze anos nos Estados Unidos, onde engajou-se nos movimentos pelos direitos do povo negro norte-americano.

É dessa época um de seus livros mais conhecidos, "O Negro Revoltado", em que reúne lembranças de sua luta pela igualdade racial na sociedade brasileira.

Abdias passou a se dedicar também a uma bem-sucedida carreira como pintor, expondo seus quadros em várias galerias e universidades nos EUA. Lecionou como professor visitante na Wesleyan University e na Universidade do Estado de New York.

Nos últimos anos da década de 1970, participou de vários eventos contra o racismo e pelos direitos civis em outros países. Voltou ao Brasil nos últimos anos da ditadura militar. Fundou em São Paulo o Instituto de Pesquisas e Estudos Afro-Brasileiros, o IPEAFRO, com a ajuda de Dom Paulo Evaristo Arns.

No ano seguinte, realizou o Terceiro Congresso de Cultura Negra das Américas e organizou exposições de seus trabalhos em museus, universidades e centros culturais pelo país.

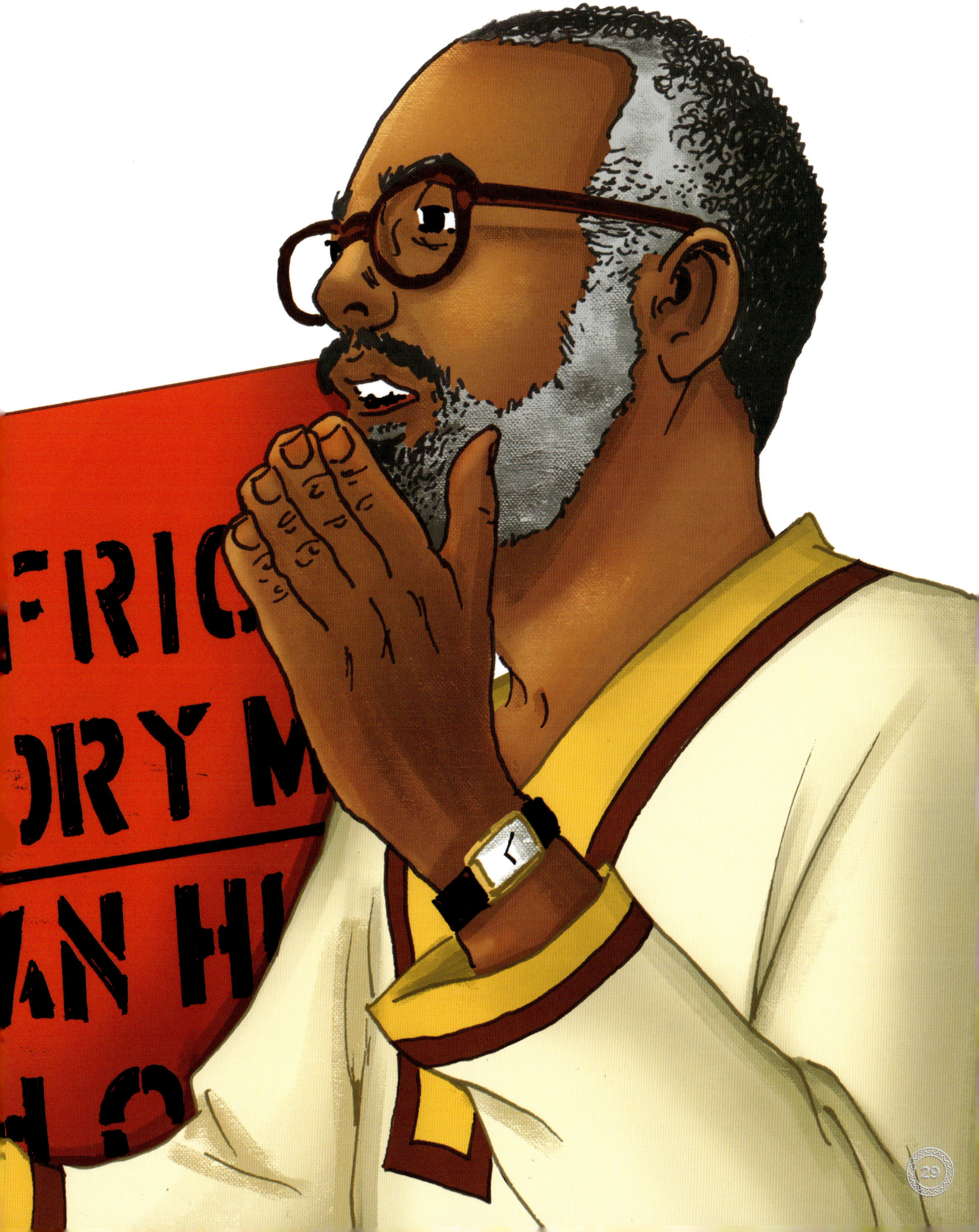
FRIC
ORY M
AN H

Com a volta da democracia, Abdias foi um dos fundadores do Partido Democrático Trabalhista (PDT) e grande inspirador da Secretaria do Movimento Negro. Elegeu-se deputado federal em 1982. Suas propostas alcançaram as leis da nova Constituição Brasileira de 1988. Reconhecido pelos seus esforços, foi eleito senador pelo Rio de Janeiro em 1991 e permaneceu no Senado até 1998.

Recebeu inúmeras homenagens no Brasil e no mundo, como o "Prêmio Toussaint Louverture", concedido pela UNESCO, na celebração de seus 90 anos em 2003. Abdias é reconhecido Doutor "Honoris Causa" pela Universidade do Estado do Rio de Janeiro, Universidade Federal da Bahia, Universidade de Brasília, Universidade do Estado da Bahia e Universidade Obafemi Awolowo, em Ilê-Ifé, na Nigéria.

Mesmo falecendo em 2011, por complicações de uma pneumonia, o bom combate a que se dedicou resiste e continua por muitos que ele inspirou e ainda inspira. Onde há injustiça, resistem aqueles dispostos a combatê-la, como Abdias do Nascimento.

Querido leitor,

A editora MOSTARDA é a concretização de um sonho. Fazemos parte da segunda geração de uma família dedicada aos livros. A escolha do nome da editora tem origem no que a semente da mostarda representa: é a menor semente da cadeia dos grãos, mas se transforma na maior de todas as hortaliças. Assim, nossa meta é fazer da editora uma grande e importante difusora do livro, e que nessa trajetória possamos mudar a vida das pessoas. Esse é o nosso ideal.

As primeiras obras da editora MOSTARDA chegam com a coleção BLACK POWER, nome do movimento pelos direitos do povo negro ocorrido nos EUA nas décadas de 1960 e 1970, luta que, infelizmente, ainda é necessária nos dias de hoje em diversos países. Sempre nos sensibilizamos com essa discussão, mas o ponto de partida para a criação da coleção ocorreu quando soubemos que dois de nossos colaboradores já haviam sido vítimas de racismo.

Acreditando no poder dos livros como força transformadora, a coleção BLACK POWER apresenta biografias de personalidades negras que são exemplos para as novas gerações. As histórias mostram que esses grandes intelectuais fizeram e fazem a diferença.

Os autores da coleção, todos ligados às áreas da educação e das letras, pesquisaram os fatos históricos para criar textos inspiradores e de leitura prazerosa. Seguindo o ideal da editora, acreditam que o conhecimento é capaz de desconstruir preconceitos e abrir as portas do pensamento rumo a uma sociedade mais justa.

Pedro Mezette
CEO Founder
Editora Mostarda

EDITORA MOSTARDA
www.editoramostarda.com.br
Instagram: @editoramostarda

© Júlio Emílio Braz, 2021

Direção:	Fabiana Therense
	Pedro Mezette
Coordenação:	Andressa Maltese
Produção:	A&A Studio de Criação
Texto:	Fabiano Ormaneze
	Francisco Lima Neto
	Júlio Emílio Braz
	Maria Julia Maltese
	Orlando Nilha
	Rodrigo Luis
Revisão:	Elisandra Pereira
	Marcelo Montoza
	Nilce Bechara
...tração:	Eduardo Vetillo
	Henrique S. Pereira
	Kako Rodrigues
	Leonardo Malavazzi
	Lucas Coutinho

Dados Internacionais de Catalogação na Publicação (CIP)
(Câmara Brasileira do Livro, SP, Brasil)

```
Braz, Júlio Emílio
   Abdias : Abdias do Nascimento / Júlio Emílio Braz.
-- 1. ed. -- Campinas, SP : Editora Mostarda, 2022.

   ISBN 978-65-88183-27-4

   1. Antirracismo - Brasil 2. Artistas - Biografia -
Brasil 3. Biografias - Literatura infantojuvenil
4. Nascimento, Abdias do, 1914-2011 5. Negros -
Biografia - Brasil 6. Teatro - Brasil - Biografia
I. Título.

21-88022                                   CDD-028.5
```

Índices para catálogo sistemático:

1. Abdias do Nascimento : Biografia : Literatura infantojuvenil   028.5
2. Abdias do Nascimento : Biografia : Literatura juvenil   028.5

Nota: Os profissionais que trabalharam neste livro pesquisaram e compararam diversas fontes numa tentativa de retratar os fatos como eles aconteceram na vida real. Ainda assim, trata-se de uma versão adaptada para o público infantojuvenil que se atém aos eventos e personagens principais.